八重洋一郎
Yae Yoichiro's Poems
詩集

銀河洪水

洪水企画

銀河洪水　目次

詩集　銀河洪水

渚で

鼓動

私の心臓に光り輝く海があり
血液はその深みをたたく

真昼

投げすてた
貝が
光をあげて爆発する

触覚

火ではない
光ではない　けれど
目もくらむするどい荊棘《いばら》

暗礁《リーフ》

島は蛇にかこまれている
脱皮した
脱肉した
脱魂した
白骨だけとなって幾重にも幾重にもはしりくねっている
しら波

問いは消え
疑いは消え
答えさえ消えはてて　けれどまた
始まりをくりかえす　暗い
暗い
潮鳴り

八月

おさないわたしのうんめいを吊すように
母は
わたしをそのながい両手につるし
波にひたした
波はわたしをきららゆらゆらまだらに
あみうち　わたしは
まっ白い無知にかがやきながら
投げだした視線
ヘソのむこう
しまかげのあおぞらにとけていった

わたしは少年となり　けれど　まだ
およぐことができない

生まれたばかりのおとうとは
おもいっきりのけぞり
まるはだか
（かってのわたしのように）
キャラ　キャラ　潮のなかで
はじけている　わたしは…
わたしは　渚
ひかりかがやく波を背に砂をふみ
魂のような大きなガラスの浮玉をかかえ
つったっている

たろう
たろう

かすかに
かすかにひびくはじめての
耳鳴り

哀歌

なぜ　こんなにも青いのか
瑠璃《るり》　縹《はなだ》　浅葱《あさぎ》
藍《あい》　紺《こん》
群青《ぐんじょう》　彩《と》りどりの静けさをひそめて　島を洗い
ふりそそぐま昼まの
彼方まで　もえあがりひろがりゆく　深い
南の海よ

ただ単純な自然現象　光と水の戯《たわむ》れとは　言うな！
島の際《きわ》　殺ぎ落とされた断崖絶壁からの激しい視線は
発見する
まるい

まるい　果てを超えてまるい
直線
水天一碧　そう　それは
紛れもない
この第三惑星の青い構図　そう　それは
この動かない木の葉舟　岩だらけの
動けない一葉舟　この島の歴史の底のその底の
底のない構図
波の音さえかなしみとなる　絶海の人の
切なさ

瑠璃《るり》　縹《はなだ》　浅葱《あさぎ》
藍《あい》　紺《こん》
群青《ぐんじょう》　海の瞳に涙あふれ　言葉たえ　ただたちつくす
白いまぼろし

通信

あの世よりも遥かな遠い二万年！

石垣島の白保・竿根田原《さおねたばる》に埋まっていた頭蓋骨は
二万年前の人骨だという
歴史《とき》のはて　列島《ち》の果てからの何という大発見
この小さな島の頼りない海岸線の泥土まじりの洞穴のなかで
いったい　どんな暮らしがあったのだろう
何をよすがに日々をすごしていたのだろう

寂しかったにちがいない
島は　ただ　空と海
青いひかり　この白骨の人たちは

なぜここにいるかもわからず
あまりにも孤絶である故　あまりにも無力である故
さびしさは骨身に徹し　ただただ
海や山への恐怖と思慕にふるえていたにちがいない

今　その骨と頭蓋骨が発見され
「わたしたちは二万年前　この地に
さびしく生きていたのだよ」とメッセージが寄せられる

何という驚くべき通信！
何という驚くべき事実！

歴史《とき》のはて　列島《ち》の果てからの　はるかな
白い呼び声が
切ないいのちの連続性が　深々と身にしみわたる

白い声

いきはての島のはて　今は牧場《まきば》となっている廃村のあとを訪ねる　降りしきる梅雨《つゆ》の雨あまりにも人里と隔絶し人を見たことがない牛が穴のあくほど私をみつめ私の移動につれて百八十度首をまわす　近づいていくと迷惑そうにノロノロと道をあける　実は道などありはしない　あちこちに垂れながされた黒褐色の牛糞が崩れた円盤となって無数にちらばり　そのかすかに波紋をのせた厚みのある牛の糞《ふん》から白いほそい丈たかいキノコがすらりと二本三本伸びている　尖端にはまるい白磁の茶わんを伏せたような大きなカサだ

足許《あしもと》をいちめんのしろいキノコに迎えられそ
して送られ　いったん海辺の砂浜におりその
位置からクバの木をめあてに村跡への方向を
探す
雨はアダンの葉をたたき地に這うかずらの葉
をたたきヤラブをたたきハスノハギリの葉を
たたき　わたしの傘も不規則な小さな音をた
てている

やがて村の石積みがあらわれ　石と石でふち
どられた道あとがあらわれ　屋敷囲いのあと
があらわれ　カマドとおぼしき黒く焼けた石
組みがあらわれ　そして低い石垣をめぐらし
た小さなひろばがあらわれる　それは村御嶽《ムラオン》
の跡である
明治半ばに最後の一戸がここをさりやむなく
廃村になったという　御嶽《オン》の神女と神女の一

家と係累がほそぼそと時節時節には訪れていたというが　鬱林に埋もれ時間に埋もれ　今はこのそぼふる雨と雨おとにうもれ　くずれ潰れた村跡のさびしさは言いようもない
晴れた日にはその雨おとさえなくなって光がただ物質としてひかり続け　かげはただ現象となって闇をおとし　一片のいのちのけはいさえ絶えた陰翳のしずけさがあたりをくまなく領するであろう　むなしさの底深い恐怖が全身の毛穴を冷たく走る

人は何がゆえにこんな地のはてで死ぬこともならず生きていたのであろう
わけもわからずいのちに課された生きるという重圧に耐え　御嶽《オン》をつくりクバを植えたただひたすら待っていたのか　神の集いを神の遊びを神の泉を　ひくくひくく神言《カンフツ》を呪しなが

ら時には声高くさけびながら

私は傘を深くさし拝所にしゃがみ合掌し神の
声を聴こうとするが　声はなく　さまざまな
雨音がパーカッションの音楽のようにゆるく
つよく耳をみたす

人が去り　人のかわりに牛が来て　牛は糞《ふん》を
まきちらしその糞にまるで尖《と》がった白骨のよ
うなすらりと丈たかいキノコがはえ　そのキ
ノコにはかなり濃い微妙な麻薬成分が含まれ
ているという　それをとりにこっそりここを
訪れる人もいるという
キノコのかさが雨にぬれ風にゆれ音をたてず
にりんりん鳴っているようだ　インドでは泥
の中から咲きひらく蓮《はちす》の花に妙《たえ》なる音信が鳴
るという

南の島のいきはてのはてのはて　いつかこの
地に神の声がきこえるだろうか　牛糞からは
える白いキノコの麻薬の声ではない声が

二万七千年前の弟

ある朝、新聞をめくると市立博物館で、白保竿根田原《サオネタバル》洞穴出土の人骨骨格標本展示があるという。早速開館に合わせて家を出る。

博物館には、はや三、四人の先客がある。さすがの人気だ。

まず初めに、発掘現場の様子を写した何枚かの大型パネルをゆっくり見ていく。やがて展示室のほぼ中央、大きなガラスケースの中に見事な骨格標本が寝かせられている。

少し黒褐色に変色しているが、これがあの二万七千年前の人骨かと驚くばかりだ。

推定年齢三五、六歳、身長一六五センチ前後。私より少し背が高く、三六歳だから弟分になる。正面奥にはその頭蓋骨から周到な手続きを経て復顔《ふくがん》された男性の顔が（現代彫刻でいう）頭像となって展示されている。

私はつくづくと彼に対面する、心底話がしてみたい。

学術的復顔は、その厳密な推測により、当時そうであったと思われる「彼」の場面で終わっているが、私はつい以下の様な不埒なことを考える。それはその顔があまりにも身近に感じられるからだ。


私はまず彼を展示室から連れ出し、二人で美容室に行く。彼の頭髪を現代風にカットしてもらい、オシャレをして頬ヒゲや顎ヒゲは残しながらその顔にカミソリを当てる。次ぎにシャワーを済ませ、私の夏服を着せ、二人で街中《まちなか》を歩くのだ。街の人は誰も私が二万七千年前の弟と連《つ》れだっているとは気づかない。それは彼がそのあたりを歩いている市民とほとんど見分けがつかないからだ。


さて私たちはどこかの木陰に座り込んで話し始める。彼は少し目玉をキョロキョロさせながら、そして私は顔いっぱいに懐かしさと好奇心をあふれさせながら、彼を驚かさないように少しづつ話しかける。

同じ八重山の人間だから、多少のずれはあっても言葉はすっきり通じるのだ。

あの頃、空はどうだったの？　あの頃島はどうだったの？　どんなものを食べていたの？　彼は生命《いのち》からまっすぐに出てくるけがれない言葉ではっきり答える。海はけっこう遠かったんだよ。それで魚《さかな》や貝はあんまり食べなかった。いつも食べていたのは木の実だね。ねずみやもぐら、小さなけものを追っかけたり、土を掘ったりしてつかまえた、バッタやトカゲ、ハチの子や、いろんな虫ケラをたくさん食べた。夜になるとほんとに静かでお星さまがぎっしりきらめき、流れ星がたくさん飛んだ。

話は楽しくスムーズにいったが、分かりあえないことも多々あった。例えば彼は「死ぬ」ということがわからなかった。「あの世」について尋ねたときには、彼はただ、不思議そうに私をみつめるばかりであった。これら現代の言葉は彼には不可解､彼はボソボソゆっくり答える。「疲れた時にはね。あおむけになって思いっきり足を曲げ、胸の上に手を組んで、岩陰にねっころがっていると、だんだん気持ちがよくなってくるよ」　おとめ、おとこ、父と母、親と子ら、それらについてはよく話した、世代の観念はあるらしい。

「死」はない、「あの世」もない
在るのは「今」だけ

老い尽《すが》れると足を曲げ、腕を組み
小さくなってもう一度胎児となって
大地の懐《ふところ》に抱かれればいいだけ
あたらしい種《たね》はまた萌えあがる
深く澄んだいのちのふしぎ、彼の眼の奥
はてしない星雲輝き
あらゆる秘密の愛《かな》しさ息吹き…

さて展示期間終了となって、学芸員達はそれこそ慎重にひとつひとつ展示物を片付け、了《しま》い納めたようであるが実はそれは骨格標本のスケルトンのスケルトン（骸骨の骸骨）、言わばレプリカ、本物は、いや本人はいつの間にか私の深くにはいり込み、われわれはいつも毎日毎日、哲学的（？）対話をあきることなく続けている。

豊饒

群星《ムリカブシ》は前便《ヤマイツカイ》（スバル星座は露払い）　そのすぐ後から
見えない二旒の大旗立てて青年船頭足踏みそろえ　エイヤッ
エイヤッ　聞こえない掛け声かけて進みゆく
さらに続いて両側《ふたつ》に分かれ　見えない逞しい若者達が腕に抱えた
太鼓をたたき規律格《ただ》しく歩みゆく　ドンドン　ドンドン
その真ん中に姿の見えない豊饒神　総々総々《ふさふさふさふさ》幾重にも濃緑かずら
総身にまとい　一神は赤面《アカマタ》　一神は黒面《クルマタ》　カッと開いた
巨眼《おおまなこ》　格調高く見えない
踊りを激しく左右にふりながら　その後ろには
蒲葵《クバ》の葉扇《ハオウギ》打ちふりながら村じゅう挙《こぞ》って　男　女　老い　若き
幼い子らも皆そろい　見えない行列組みながら
喜びの声　腹底の声あげながら　手ふり足ふり続きゆく

群星《ムリカブシ》は前便《ヤマイツカイ》（スバル星座は露払い）
天頂へ　天頂へ　聞こえない音楽奏しつつ　次々に
大旗　若者　神　村人　行列もろとも　見事に
南中！
子午線超えて　ひと晩かけて
彼方へ　彼方へ
虹の橋かけて　しずしず
しずしず沈みゆく　海へ海へ沈みゆく

さあ　まつり
今日はまつり
うだる暑さも少しやわらぎ　昼の熱気もだんだんさめて　夕風涼しく
村の広場はしんとして　けれど周囲はひとだかり
女　男　老い　若き　それぞれ頭にワラシベ巻いて　心にしっかり
期待を込めて　けれどなかなか日は沈まない
村の広場はしんとして

さあ日没だ　夕暮れだ　松の枝こえて月がのぼる
闇がだんだん訪れて　遠い遠い太鼓が聞こえる　だんだん近くなってくる
男　女の歌が聞こえる　掛け声がきこえる　だんだん近くなってくる
さやさやサトウキビ　ぎっしり並んだ畑と畑の間から
聞こえる　聞こえる　透き通る声　一本道をゆっくりと
今　やってくる　やってくる
昨晩《ゆうべ》の行列が一晩かけて天空を横切り海へと入りその海底をぐるりと潜《もぐ》って
この村の一番深い洞穴《ほらあな》に達し　そして今　その深い暗い底から
姿を現す　声を現す
群星《ムリカブシ》は先導果しスバル星座は案内なし遂げ　星々の空の行列が　すべて
見える姿となって　すべて聞こえる歌となって
大旗ひるがえり　青年船頭の足踏み高く
ドンドン　ドンドン　村人の声　黄色いふるえる喜びの声
その真ん中に豊饒神　総々総々《ふさふさふさふさ》幾重にもずっしり重いかずらをふるい
薄暗がりの闇の中　視線を変えて手ぶりを変えて踊りの姿勢を変えるたび
巨眼《おおまなこ》輝き　顔面部厚く

今はナマズ　今は大蟇《がま》
今は何かの爬虫類　今は猩猩　今は人類　今は飛龍《ドラゴン》
今は神　二神変貌
瞬間瞬間　原始生命から　紆余曲折
神へと到る　さまざまな生命《いのち》の諸相を激しく示現し
その豊饒《ゆたか》さをおどりにおどり　闇の光を四方八方十方に鋭く放つ　その
焼けつくような懐しい
神の姿に煽られ　鼓舞され
声　歌　太鼓　蒲葵扇《クバオウギ》　広場を埋めて村人歓喜
人々集まり　また散って
散って集まり　また叫ぶ　また踊る　また歌う

「神《カン》と我《バヌ》とはただひとつ」
「神《カン》と我《バヌ》とはただひとつ」
「神《カン》と我《バヌ》とはただひとつ」

まゆんがなす

サラサラ　サラサラ　風がゆれる
サラサラ　サラサラ　闇がゆれる

古い歳《とし》から新しい歳《とし》へのいざない
巡りくる土《つち》の兄《え》　犬の日
このゆうべ　疲れはてた人々の胸へ生命《いのち》の息吹きを吹き入れようと
マヤの神　まゆんがなすは現れる

深い闇　ものの気配　草踏みしめるかすかな
あし音　何かが
何かがやってくる
重い頭に蒲葵《クバ》笠被り厚い布で顔を覆い俯《うつむ》いて

痩《や》せ尖った肩から破れ蓑《みの》たらし　足腰は
芭蕉の葉
老いさらばえたさすらい人のさ迷い歩く怪しい訪れ
斜めに伸ばした樫棒にやっとのことで身を支え　風の中
よろよろとあわれな影が
浮きあがる　けれど　その
闇の極みの暗い口から
低い太いとぎれることない真世《まゆ》の息吹きが
今　始まる
はるかなはるかな天地《あめつち》からの
遠い遠い往《い》にし方《へ》からのきよらかな垂直の神口《ことば》がふりそそぐ
「ン――」
「ン――」

カサカサ　カサカサ　蓑《みの》がゆれる
カサカサ　カサカサ　葉がゆれる

重く太く低く高く
細く靭《つよ》く
いつまでもいつまでも続く生命《いのち》の真珠《まだま》のひき継ぎ
時と時　土《つち》の兄《え》
犬の日　時が満ち
影がゆらゆら　乞食から
神が生まれる　あたりはいちめん
月桃《さみん》の香り　犬猫《いぬねこ》の毛並みのようにびっしりと生命《いのち》が
芽吹き　この巡りくる歳毎《としごと》の
節《しつ》の夜闇《よやみ》のきらめく
群星《むるぶし》　まゆんがなす　新しい神と人との
世のよみがえり
「ン――」
「ン――」

サラサラ　サラサラ　風がゆれる
サラサラ　サラサラ　闇がゆれる

反歌

天地《あめつち》の息吹き伝えん節《しつ》の夜の神の窶《やつ》しの懐かしき哉

註　折口信夫博士が志摩の大王崎で幻視したマレビト。その後、博士は沖縄・八重山を訪れ、マヤの神（マユンガナス）、アカマタ・クルマタ、アンガマを実見し、自らの仮説、来訪神・マレビト論を確信するに至った。過日、私はマユンガナスが最初に出現したと伝えられる旧・川平《カピラ》村南風野《はえの》家の御好意により、その節祭《しつまつ》りに参加することを得――即ち板の間に額《ひたい》ひれ伏し神口《カンフツ》（神様の言葉）を聴きに聴き――、その印象をここに綴った。

神の存在は現実化できないが、その社会内部の何者かが神に扮し、そこに起るドラマによって社会の自己更新を図る。しかしまたそのドラマの感動は神の実在の証明ともなり得るのである。

犬年生まれの村人扮する神の神口《カンフツ》は太く低く高く細く、なんと延々一時間にも及んだ。

木洩陽日蝕《こもれびにっしょく》

こなごなにくだけた
枝サンゴの欠片《かけら》のうえに
からからにかわいた榎《えのき》やガジュマルの落葉のうえに
青い青い
夏の朝
太陽—月—地球
三十八万キロのかなたから
天体がこころをそろえておくりとどける

微笑《えまい》のようなひかりの
さざ波
風がそよそよそよぐたび
木の幹にも
柱にも　土台石や　かつら石にも
……大小無数……
二日月《ふつかづき》の形にかさなるさざ波が　さざ波が
ゆらゆらゆれる

時は今　一瞬一瞬
木洩陽《こもれび》の影とひかりに身を変えて

福への挨拶

――古老説伝――

子供たちの立派な行い　優れた成績などには
「良い子《ボーレー》　良い子《ボーレー》」と激励し
同輩や後生《こうせい》たちが何かと気遣い　与力してくれると
「誇りである《フコーラサ》」と感謝する
長上や先進たちから評価されたり　目をかけられたり　その時は
「二拝《ニファイユー》であります　三拝《ミファイユー》であります」と敬礼する

ところで　この島には
「福」について三通りの言い回しがあるが　御存知か
いいえ　いいえ　どうぞお示しください

太陽《ティダ》や雨《アーミ》や風《カジ》など

天が分け隔てなく万人平等に与えてくれる　福を
「世果報《ユガフ》」と言い
運命が一人一人に情況に応じて特別の思いを以って贈る　福を
「命果報《ヌツガフ》」と言う

人生多難　他人が窮しているのに知らんふりして　自分一人
美味《おい》しく香り高い食を摂《と》るのは　それは間違い

いくら働いても大ぜい養うべき親や子供を抱え難儀困難
やっとのことで暮らしている人
思わぬ災難で妻子を失ったり
大風に家をとばされたり　火を出してしまい
家財一切焼き尽され　呆然と自失している人
そのような人に出会うと
「ああ　肝痛《キムイタサ》ラー　嘆くなヨー　気を落とすなヨー
ここにこんなものがあるから　これでも……」
袖の中を探り　「ほら《ジュウ》」と差し出す

受け取る者は
「袖果報《スディガフ》ユー」　深く深く身をかがめ固く掌《て》を合わせる
この島で最も尊ばれる福は
「袖果報《スディガフ》」　こんな風に私どもは習ってきました

地上生命流星群

何かの拍子に小石を蹴とばすと　その下から
ワッと飛び出す
地上生命流星群
腰をひねって四方八方へ
青い
蜥蜴《とかげ》のシッポが走る　涼しい縦縞《たてじま》ふるわせて
ふるわせて

一体どこに隠れていたのか
どこに潜んでひっそり卵を育てていたのか
(秘密は静かに温められて)
夏の
ま昼のまっ盛り
樹の上　草むら　風の中　大地の底から
恵みの生命《いのち》が
夜の星座に呼びかけながら
次から次へと　湧き
あがる

記憶

ピチャピチャ　ピチャピチャ　舟端たたく
波の音
ときどきしぶきが頬を打つ
生後　二月《ふたつき》　さやかな感受
漲《みなぎ》る母の
胸の厚みにおおわれて　チョット息苦しい
あたたかさ
舟は一路　南を指して

物語はまだ始まらないが
ほのぼの明《あか》る母娘《おやこ》の記憶が
それをひらいていくだろう
いのちの切なさ　いのちの尊さ　いのちへの参加
小さいけれど　それをあなたが支える未来
清浄無垢《イノセント》　勇断果断　舟は
一路　南を指して
ピチャピチャ　ピチャピチャ　舟端たたく
波の音
ときどきしぶきが頬を打つ

太陽帆走

コンスタンチン・ツィオルコフスキー

幼い頃猩紅熱で失った聴力　だが人間の聴力をはるかにしのいで
構想力が鋭ぎすまされる　宇宙の音がきこえてくるのだ　数学
物理　化学はお手のもの　力は地上はるか　いや地球そのものを
遠く離れて太陽圏全域に及ぶ「ロケットなら空気のない真空中
も航行できる」　ニュートン力学・作用反作用の法則の実践的発

見を出発点に彼という発射台から夢　希望　情熱　創造力が次々
に発射される　宇宙の音が音波となって閉ざされた彼の聴力にさ
さやきかける　いや　ピタゴラスとともにもっともひらかれた人
類の耳　この波と楽しくやさしく遊ぶには？　構想力が集中し音
ひとつない宇宙の彼方　ひかりをとらえようとアルミニウムをは
りつけた超薄型の巨大な帆がはなひらく　太陽帆走　日光の圧力
と太陽の引力　ヨットが風と波を精密に計算するようになんとい
う光と重力の美しいバランス
太陽圏空間に音楽のようなジグザグ模様をかきながら　太陽帆船
はあちらの惑星　こちらの惑星　惑星間をおもうままに巡回航行
する

フリーマン・ダイソン

量子電磁力学の立役者の一人　フリーマン・ダイソンが二十一世紀を透視する　「地球は人類のゆりかごである　しかし人類はいつまでもゆりかごにとどまってはいないだろう」　彼もまた　ツィオルコフスキーの予言を夢みる　ロケットを宇宙に打上げるにはとにかく経済的に廉価でなければならない　それにはロケットは小さいに限る　その小さなロケットに宇宙探検のあらゆる手段をつめ込まねばならない　生化学の研究が決定的に重要だ　昆虫の変態の驚異が詳細に解明されねばならない　その成果が得られたあかつき　あらゆる材料　器材　航行用具　通信回路　アンテナその他が有機化され極度に圧縮され一つのカプセルに組み込まれる　カプセルは金属やガラス　シリコンなどで組立てられたも

のではなくDNAによってプログラムされ　さまざまな運動　機能　可能性が封じ込められ　その小さなカプセルがレーザー光線によって宇宙空間へ打上げられる　カプセルは言わば生きている昆虫のさなぎ　さなぎはさなぎの時間の内部でどろどろに溶け目的の位置にくるまでじっとねている　時至る　さなぎはめざめさなぎは羽化する　小さなカプセルからそろそろとでてくるアルミニウム皮膜　少しずつ少しずつ宇宙空間になぶられながらしわをのばしやがて三十メートル四方の立派な太陽帆　飛翔開始　眼は極度に敏感な望遠鏡　顕微鏡　クモの糸のようなアンテナで電波信号を送受信し　長いやわらかなバネのような脚で小惑星に着陸し歩行し　化学センサーで太陽風や宇宙鉱物を味見する　そして生物コンピューター内臓の超高級頭脳で自らの活動を判断し制御し観測結果を細大もらさず地球へ報告してくる
彼　ダイソンは自らの夢を名づける
「宇宙蝶」

思い出

思い出は
白
青空が弱くやつれて白くなったわけではない
それは
地べたの底の暗い渦巻きを支えていたのだ
花々の色
虫たちの羽を支えていたのだ
(足を踏み外し思わず吹き出してしまった笑い)

（さよなら　さよなら　駅のホームで駆けだして）
（塔のてっぺんで痩せはてていた塩辛い涙）
さまざまの感情の奥から突然ほとばしる
思い出
すずしい木立の中でも
すすきの原っぱの中でも　予告なく　前触れなく
とびきり
白い世界が剝き出しになり
今も　キューンと胸が
締めつけられて
キリキリキリキリ　痛くなる

何時《いつ》か

明るい
秋のこまやかなひかりの中で
金柑《きんかん》がもう実をつけている
まだまだ青いが　その強い
爽やかな香りが私の胸を浄化する　そして
冬には確かにそれは
黄金の実を稔らせているだろう

人もまた　青い意志から始まって
誤り　迷い　ふらつき　傷つき
絶望の淵をやっとのことでたどりながら
その苦しい巡礼を重ねて
いつか　あるいは道の涯て
（人類を超えた）思いがけない
くすしき未来に
行き合うことができるであろうか

暗韻《あんいん》　……悲歌のふかくに……

時は夜なりき
あかりが消えた　いつもの嵐でもないのに　島じゅうの
あかりが消えた　少しでも動くと危険なので
そのままじっとしている
目が慣れてくるにつれ　ひかりは見えずに　幾重にも重なった
闇の層が見えてくる　ふと
あの幼い頃の夕やみの後《あと》の深い闇　そのままじっとしていると
少しばかりの風が吹き　ひとつの闇の層の陰《かげ》から
ほのかにひかって祖母の姿が現われる　背が高く少しだけ前屈《まえかが》みになって
奥歯を嚙みしめている顔　何十年も前にみまかったあの祖母が
その後ろに祖父がいる　つらいきびしい顔をして　私が生まれてすぐに世を去った
いつも何かの「書」をかいていたという両手をきちんと整えながら

その後ろには母　しっとり黒い絹のよそおい　しみひとつない小さな白い足袋《たび》
まっすぐ正面向いて真剣な深い目付き
その後ろに姉が続く　子供の頃ひといちばい親に甘えて育ったのに
あんな不幸が始まって　子供を一人だけ残し　神経を病んで
若い身空で　そのままだった
庭の築山《つきやま》に立っていた　あのやわらかい笑顔
その後ろに父がいる　羽織袴の紋付姿　この小さな島で
あらゆる希望とあらゆる後悔をにじませながら
苦笑いを色の黒さにかくしながら　三十五年も前にすでにこの世を離れている
あの相《かたち》
その五つの影たちがかすかに左右にゆれながら私の方へゆっくりゆっくり迫る
今　この島はすべて闇
家々は
あの家もこの家も音ひとつなく押しだまり　けれど
どこの家でも何かの気配《けはい》に満たされて
ほそいかすかなうたうたが幾すじも屋根をぬけて　さびしく外へ
夜風にゆられていつまでもとり返すことのできないかなしみが　遠く

近く流れている
あかりがつくと霊たちは幽体から明体となって
ひかりのすきまにぎっしりつまり　消えてしまう

★

あの時のあの接触　あの接触こそがすべてだったのではないか
なんの期待もなく　なんの反応《むくい》も求められずに
なんの手がかりさえない　迷いの果てから死にものぐるいのあわれな私が呼び寄せた
あの幻聴！　やせはてたみじめな私が探り当てた　意味知れぬ行方《ゆくえ》も知れない
あの幻聴！　けれどそれは
きらきらひかる音韻《しらべ》となって
耳の奥をふるわして　胸の骨をひびかせて　どこかで私を
掬《すく》い取りあげようと　そのふりをして
あの瞬間　私が一身をくらませた
あの接触こそがすべてだったのではないか

何度も何度も繰り返し言うが　あれはやっぱり衰えはてた
自分の迷いの果てでしかなかったのではないか
あの意味不明のふるえる言葉！
あのうつろな幻聴を
こまかい奇妙な呼吸《いき》をしてひたすら聴いて
何かの模様をかすかながらに織り出して　この世の
淵の真上にはりわたし　ひらきながらからみゆく
あの幻聴の錯覚を　けれど
錯覚でもよかったのではないか
みんな
ギリギリに生きている

★

すべての深くに暗韻がひびく
ことばはくらいが
しらべはあかるい　しらべはくらいが

ことばはあかるい
なにがなんだかわからない身を焼きつくす悲しみのその果てに
不思議な暗韻に身をひたし
悲しみのその深く
しずかにあふれる涙の暗韻に身をさらす

★

時は朝まだき
幻鳥が　窃《ひそ》かに鳴いて
深山《やま》の奥
宙《そら》のはて
高く　高く　もつれて
並んで
飛翔《と》んでいく……

浄夜

ある国に　とてつもない広い深い湖《みずうみ》があって
その国を　全部入れてもまだまだ広い　まだまだ深い
その底には底がなく　その果てには果てがない
その不思議な湖《みずうみ》の中の少し尖がった小さな島から
晴れた夜空を見上げると
白い銀河が立ちのぼり　流れ星がスーッと横に
ひとすじ　ふたすじ　銀色糸《ぎんいろいと》をなびかせて
その後ろには黒い闇
もっと奥にも黒い闇　もっともっと奥に
渦巻銀河がしずかにしずかに渦を巻き　そのはるかな遠いひかりが
少しづつ少しづつ　広い深い湖《みずうみ》へ射してくる

星は　あの星も
この星も　みんな暗い　けれど　その中
ポツンと光が点《つ》いている
わたしたちのいのちは星くずからできているという
わたしたちはその湖《みずうみ》よりも涯ての知れないうつろの中で
ポツンといのちになっている　あんまり深くて
ことばはなんにもないけれど　星のかけらでできている
一人《ひとり》の人の双《ふた》つの瞳《ひとみ》に何万年光年と離れている星たちが
なんの苦もなくみんな一緒にうつっている
ある銀河は左巻き
ある銀河は右巻きに
おとぎの国も不思議な形で自分の中の湖《みずうみ》で　自分の
ひみつを細かく語り　すべての星はひとつの
星に　ひとつのいのちは
すべての空に

ある国に　とてつもない広い深い湖《みずうみ》があって

その国を　全部入れてもまだまだ広い　まだまだ深い
いのちとはこの不思議な形を生きること
（一人一人が自分自身ときっちり対峙し　自分の全てを裏返し）
（宇宙さえも裏返し）
（無責任無意識洗《あら》い出し　集合無意識抉《えぐ》り出し　くまぐままでも
圧倒的な光の海の全照射）
いのちとは星の奇蹟の組み合わせ
（裏返えされた星々がすべての焦心　火の暗黒を振り払い）
（いかなる意志もいかなる意識も已れによってその根源まで涸らし尽され　つき崩されて）
已れではない　なおも激しい光に打たれた飢餓の底
更に穿《うが》たれ　無垢潔斎《むくけっさい》
（光はどこから　粉灰微塵《こっぱみじん》に傲《おご》りを砕いた
宇宙すべての調和《しらべ》から　そして賤家《しづや》に積もる落葉の影のその隙まから
ひとりひとりの全身に
少しづつ少しづつ射し込んで……）
漆黒深い闇の
森

うすよごれ　ギリギリにやつれはてた骨と皮
凮は破られ
すべてを棄ててこもり身の祈る人の魂は
蝶となって森の上を
ただよい浮かび　その
羽根《はね》は
天降《あも》りくる「言葉」によって光の星座がやきつけられる
いのりとは？
ことばとは？
ひかりとは？
「わからない」
もぬけのからとなった人はたおれ
蝶は森じゅうひらひらひらとんで
(すべての星はすべての星と七宝飾りにつながって)
闇をぬい　ひらひらひらひら　とぶ
たびに
蝶の羽根《はね》から　ひとすじ　ふたすじすじをひき

星々が　分厚い
りんぷんとなって
こぼれふる
しげりあう枝々ひかり　したくさひかり　土さえひかり

やがて
森は
銀河洪水

千羽鶴の祈りとともに

長距離爆撃機（B－29）が抱えるリットゥルボーイ（広島型原爆）ファットウマン（長崎型原爆）
この恐ろしい物質を神聖ないのちの蛹《さなぎ》に変えることはできないだろうか

蝶の翅先《はねさき》天に触れ
少し傾き
蝶の翅先《はねさき》地に触れて
両翅《りょうはね》ひらいてゆっくりしずかに息をすい
両《りょうはね》 翅とざしてゆっくりしずかに息をはく
日輪　かがやき
翅《はね》模様
黒い揚羽《あげは》の星模様
ずらりと紫《むらさき》　花模様

解けない果てない神秘の〈蛹《さなぎ》〉抱きかかえ
あちらの銀河
こちらの銀河　息もかぎりに
翔《と》びに
翔《と》び　転変超えて
無常を超えて
こまかい　こまかい
更に　こまかい
黄金慈悲の雨ふらす
尽きない祈りよ　切ない祈りよ
しらべかさねて　なお祈り
ひらら
ひらひら
薔薇《ばら》星雲は肩印《かたじるし》　渦巻《うずまき》銀河は裾模様《すそもよう》
部厚い鱗粉《りんぷん》涙に濡《ぬ》れて
すべての未来をうるおして
薔薇《ばら》星雲は肩印《かたじるし》　渦巻《うずまき》銀河は裾模様《すそもよう》

ひらら
ひらひら
どこまでも
ひらら
ひらひら　いつまでも
いつまでも……

宇宙律

——円錐尖点詩論

宇宙は倒立円錐であると断定せよ
天空をなすその底円の半径は無限　もちろん
深さも　さらに無限
ビッグ・バン以来のすべての時間をはるかに超えて——
さまざまな事象　さまざまな歴史　さまざまな感情をいっぱいつめて
倒立円錐はその体積の圧力で針よりもほそい尖点となって
頭のま上からあなたをつきさす
あなたは何が何だかわからない
空間はバラバラ
時間はバラバラ
言葉の意味は全部バラバラ
何が何だかわからないうちにそれでもあなたはあなたの能力の

全力をあげて
反応し　行動し　何かを決断しなければならない　もし　ここで
その瞬間　あなたが
初々しい原初の裸かであるならば　裸かの感覚であるならば
もの皆すべてはあなたという生きている一点によって深く深くつながれる
あなたという感覚がひきうけた刺傷《さしきず》だらけの生傷《なまきず》だらけの
その一点が宇宙の意味の源泉だ
あなたは宇宙と対峙している
あなたは宇宙の責任点だ
創造の全責任を正面からせおい　今やあなたは創造〈場《ば》〉
うたえ　さけべ　髪ふりみだせ
うなれ　おどれ　足踏みならせ　とびあがれ
破壊せよ　かきまわせ　建築せよ
あらゆる言葉をこころみよ
深く噛みあい　けれど最後の曖昧ゆらぎをけっしてつぶしてしまわない
やわらかい永久近似　無限接近　次々と
新しい文法をつかみだせ　新しい構文をつくりだせ　これが詩《ことば》の

誕生だ
倒立円錐は高密度集中　半径無限大の
完全球体――幼い頃みた赤い薬玉《くすだま》を思い出せ――
無数の尖点は一点で交わり　それはただちに球の中心
その中心にふるえるあなたが立っている
宇宙とは四方八方十方からあなたにむかって殺到する巨大な
鋭い棘《とげ》である
それはそのまま　あなたという感覚が爆発していく
宇宙大の花火《かなしみ》である

宇宙だけが抒情する
オリオン星雲吐きながら　マゼラン星雲吐きながら
永劫未来
まっさらな
宇宙だけが抒情する　宇宙だけが抒情する

ある序文

絶対存在は構造を持っており、その構造は「時間」となって抒情する。あるいは抒情とは絶対存在の構造そのものであって詩とは、その構造を言語をもって記述することである。これが私の詩の立場だ。

時間はまず感覚となって顕現し感覚はおのが同時存在たる自然の中に花ひらこうとするが、感覚はすでに生活の中、歴史の中に生みつけられている。歴史は容赦なく感覚をおしつぶす。感覚は生活、歴史によって訓育され、すなわち様々の事件、様々の記憶、様々の情念の荊《いばら》の上に豊饒となる。

やせおとろえ豊饒となった、孤立無援の感覚!

苦しみの豊饒によりあるいは豊饒の苦しみによって、感覚は歴史をつきやぶろうとする。

「つきやぶれ！」これが歴史のただ中に生みつけられた感覚の歴史への応答だ。

爆発。爆発への凝集。一人怨恨の怠惰の中へおちこむことは許されぬ。許されぬ者はひたすらおのれを爆発へむけて凝集に凝集を重ねねばならない。

爆発。私は核爆発のように自らの存在の「核」に触れ、自爆したかった。そして一切をわが身もろともふきとばしたかった。

凝集とは存在の核、核の構造へのいらだたしい探究である。私は自らの科学をうちたてねばならなかった。

生身の実験！

私は言語のリズムに賭けた。言葉で青い銅鑼をたたいた。蒼穹を深め大海をあふれさせ宙宇をかなしくふるえさせようと。

リズムは時間を組織し、そしてわが身の上に組織され有機化された時間は、はたして自らの謎を解き自らの救済を遂げ果すことが可能であろうか。

律《リズム》

生まれ生まれ生まれ生まれて生《しょう》の始《はじめ》に暗く
流れ流れ流れ流れて命《めい》の半《なかば》に昏《くら》く
死に死に死に死に死に死に死んで死の終《おわり》に冥《くら》し

暗い昏い冥いいのち
空と海とのまっただ中を
長い長い一匹の
白蛇が
上へ下へ
左へ右へ
ゆっくりゆっくり身をくねらせて
徐《しず》かに

徐《しず》かに　身を
よじらせて　うねりたつ
その
鱗《ウロコ》　は
（よくよく見れば……）　いや　その
本体も
一匹一匹が相互《たがい》に寄りそい密着し一条《ひとすじ》の帯状につらなった何千匹何万匹という
白い白い　蝶の
舞い
空を刺し海を刺し空を吸い海を吸い
まっ白く輝くこの
くらさ

満月が近づき　浜に生臭い風が吹く頃　海の底のゆうやみの
ゴツゴツした月のあかりの影の中では
枝さんごのぬるぬるした枝々のすきまから　ひっそりさんごのさんらんが
始まっている

直径二、三ミリの小さな小さな卵球《バンドル》は　海水《みず》の中　闇の中
次から次へ偶然をたよりに互いに相手を求めながら
はじけながら　ポッ　ポッ
ポッ　ポッ　上へ上へ
海面へ海面へ
その翌朝　晴れわたったまっ白い浜辺には
はば三、四十メートル　長さ百二、三十メートルの幾すじもの幾すじもの
濃淡入れ交《か》う紅色《べにいろ》のやわらかい波が
(昨晩の深い思い出)　いつまでも
いつまでもうちよせる

北の空の青い奥　その奥に　ポツリ　黒点が現われる　少しずつ
少しずつ数がふえ　それはたちまち生きている
黒雲《くろくも》
秋になれば太古からこの島々をしずかに横切《よぎ》る
高く低くひくく高く
音のないしらべのような辺縁《ふち》のない輪のようなはるかなはるかな

サシバのわたり　地上からわきあがる
さまざまな声々を何万というそのしなやかなつばさに受けて
それを縫い　それを重ね　それを透かして
年毎《としごと》　年毎《としごと》　あたらしい澄みきった合図をふらすのだ

いくつもいくつも星座がかかり
どんなに晴れわたっている夜でもいつも白くくもっている空
小さい頃から私は自分の眼が濁っているとばかり思ってきたが
ボロボロだった学生時代の帰郷のあの時
小さな船の甲板で気づいた　それは
あふれる星の
銀河
ポンポンエンジンの単調な繰りかえしのすきまで　天啓のように聴いた
うるさいくらいの
星の音
ザクザクザクザクザクザクザク
カチカチカチカチカチカチカチ

星々のあいだのその奥からさらにきこえた
星の音　うずまく音やら
こぼれる音やら　はねかえる音やら　つぶやく音やら
虚空のかなたを走る音やら
何億年後には星座はみんな崩れはてるが
――運動があり　距離があり　次元さまよう惑乱がある――　けれど
すべての風景は一点で交わりすべての音は一点で共鳴し
あらゆる声は一点で調和する
いのちを超えた「在る」ことの一点　物となった「在る」ことの
一点　それはただ　ただ「一点」で
始点　極点　終点だ
この一点が持続するための　この一点が持続していることの
変幻自在の妙《たえ》なるリズム　生きものとしての私たちの眼には見えないが
生きものとしての私たちの感覚には捉えることができないが
耳の中の平衡石のように
生きている事実としてのわたしたちのどまん中に　そして
あらゆる宙《とき》と宇《ひろがり》のどまん中に　確かにうねっている

そのリズム　一点でさえないこの零点は
一瞬一瞬
一切の存在を刻印し　一切の存在を放射する

生まれ生まれ生まれ生まれて生《しょう》の始《はじめ》に暗く
流れ流れ流れ流れて命《めい》の半《なかば》に昏《くら》く
死に死に死に死に死んで死の終《おわり》に冥《くら》し

とびきりのこの言葉　とびきりの
このリズム

空と海とのまん中を
身をくねらせて　身をうねらせて
空をぬい　海をぬい
まっ白にかがやく　何時《いつ》までも
かがやく
くらいくらい

春の生《しょう》

註　冒頭三行　弘法大師・空海著『秘蔵宝鑰』中の文を加筆改変

蝶の舞い　春　フィリッピンあたりで異常に大量発生した蝶がつきあげてくる本能に駆られ帯状の大群となって当てもなく海をわたる　時々　航空機や船舶　作業中の漁船などから目撃される

それは…

それはしずかにやってくる
ぼおうっとつめたくひかりながら
少しななめに傾きながら
風のすきま
空のむこうのかなたからぐっと両手を差し出すように
銀河が流れ込んでくる
群星《むるぶし》ぶつかるにぎやかな雑多な音をたてながらますます冴えて
いよいよ静かに
耳殻《みみ》のはしっこ　鼻の先っちょ　肩胛骨や
頸骨のはしから
こまかい星屑が吹き流れ
ロッコツにひっかかって流れ星がしらじらと糸をひき

頭蓋の真上を爆発しながら脊椎を通って
星の瀧がなだれおち
長い髪の毛　頭も脳も頸も胸も背も腹も
さやさやさやさやさやきらめいて　腕も腰も脚も足ゆびも
きらきらきらきらさやめいて
星はすべての肉を洗い血を洗いしわを洗い骨を洗い念入りに
洗いきよめられたしずけさだけをのこして
うずくまるように身をかがめるようにやわらかに
うずをまき
〈だれだれには何ていうの〉
〈かれかれには何ていうの〉
〈たった一人のあの人にはそのひとことをつたえるわね〉
とぎれとぎれになんどもなんどもくりかえず
今わの際《きわ》の
老いの声
わずかにわずかに頭を左右にふりながら
のぞき込むあたりのみんなをみまわしながら

〈わかった　わかった　そういうよ〉
〈わかった　わかった　必ずつたえる〉
〈あなたは何とつたえるの〉
〈そしてあなたは何という〉
〈さあ　わたしは舟よ　声をかけ　どんどんつんで〉
〈あの言葉も　この言葉も
あの言遣《いゃ》りも　この言遣《いゃ》りも　おもいのたけを
　この舟につんで〉
〈これは　わたしのおみやげよ〉
老女は美しい舟となり美しい言葉をいっぱいつんで
〈さあ　銀河のお出迎え〉
〈さあ　銀河のお出迎え〉
ふねが出る　ふねが出る　うずまきはゆるくおだやかに
とけはじめ　時は
とけ
〈さあ　銀河のお出迎え〉
〈さよなら　さよなら〉

からだもおもいもことばもこえもすべてはとけてのこされた
やさしいしずけさもとけはてて　やがて
いのちは人型《ひとがた》のひらたくうすびかる物質となる
宇宙塵
少しさみしい時間だけれど
そのさみしさはいつまでもいつまでもそのままつづく
さびしさだけれど
ひとつぶひとつぶのいのちの記憶がひとつぶひとつぶの物質と
なって
明滅　発散
宇宙塵　銀
砂子　星となって
光となって
ぼおうっとつめたくひかりながら

宙のはて　今はもう見えなくなつた
美しい舟をうかべて　ぼおうっとつめたくひかりながら

深い深い銀河がながれる

あとがき

コロナウイルスが跳梁し、ついにＷＨＯ（世界保健機関）がパンデミック（世界的流行）を宣言する事態となった。その不安の中で日々を過ごしていたが、ある時、ふと「メメント・モリ（死を銘記せよ）」という言葉が頭に浮かび、日が経つにつれて、それが重く伸しかかってきた。

私はこれまで歴史や思想や文学などについて非力ながらも自分の考えを詩の形で発表してきたが、「メメント・モリ」というこの言葉はこれまでの一切を総点検せよと迫ってきたのである。

さて、自分の過去の作品を読み返し、これからどうすればいいのかと考え考え新詩集をつくろうと、まず詩集名を『銀河洪水』と定《さだ》め、詩を書き始めた。

これまでの詩の仕事の中で、私は三つの根本的経験をしているように思われた。その一つは言語における深刻な経験、つまり自分の感覚を保つために一つ一つの言葉を精査したこと。二つめは、これは西洋のことであるが、ヘーゲル哲学や、ニーチェの人間批判や、マラルメ、ヴァレリィに至るあくまで強者たらんとする意識と対峙してきたこと。三つめはこの宇宙は自分にとって何であるかを考えたこと。

私の最初の宇宙体験は、父が話してくれたハレー彗星との出会いである。父は一九〇一年生で前々回のハレー彗星出現時には十歳にならない子供だったから、その印象は強烈なものがあっただろう。その時の場面場面を時々語ってくれたのだが、それを聴く私は眼を大きく瞠《ひら》き、その印象を拡大したのである。宇宙とは私にとって、今もって畏怖、神秘、童話の源泉なのである。

ところで私はつねづね「核戦争によって人類は滅亡するだろう」と思ってきた。それが今度の突発的異変によって「人類は核戦争によって滅びる前に、もっと実質的な人間生活の急変によって滅びるかも知れない」と考えるようになった。

例えば核兵器を製造するには高度な知識と技術と莫大な資金が必要であるが、日常生活においてはそれらは必要とされず、もっと基本的な各人それぞれの生活方向の選択によって世界の大きな様態が決まってくるのである。

人類はこれまで自然に対してあまりにも身勝手にふるまってきた。それが思いがけない異常状態を招いたに違いない。自然は反逆の意志はないが、もう衰弱してしまっているのだ。際限ない人類の自然搾取の結果、自然自身の防御能力が決壊し、バランスが崩れてしまったのだ。今度のパンデミックをなんとかやりすごしたとしても、また新しい崩壊が次々にやってくるだろう。

その自然破壊、自然搾取の最も代表的な例は、人間の欲望にもとづく資本主義経済であろう。ある時期までの資本主義は自《みずか》らを持続させるために、そのシステムになんらかの修正を加えるだろうと期待されてきた。しかし現在、眼前にある資本主義はそんな生易しいものではなく、徹底的に利益第一主義を貫徹し、土地があるところ、人がいるところ、少しでも資源があるところに見境いなく侵入していくのだ。そして人、土地、資源を老廃物として捨てて行く。最終的には地球そのものを食い潰すであろう。

このように自己コントロールが利《き》かなくなった資本主義は、はや、何かの病《やま》いに罹患しているのだ。もっと正確に言えば、人類以外のあらゆる生物にとって、欲に塗《まみ》れた人類こそは避けることのできない病原なのである。人類は人類以外のあらゆる生物に対しても責任がある。

こういう緊急事態を前にしては、私のヴィジョンや作品などは、あまりにも哀れなものでしかないであろう。

しかしながら人類は人類を超えなければ滅亡するのである。滅亡しないために、一人一人が何か、何かを試みなければならない。

古代ローマ人は「死ぬ前に、生きているこの今を遊べ」と考え、宗教人は「この世のはかなさに気づき、来世のことを思え」と自戒した。私自身は、世界には、いかなる歴史や権力や経済的圧迫などとは別次元の根源的風景が在るのであり、それを描き出し「メメント・モリ」への対置を試みたのである。

本詩集上梓に当り、洪水企画・社長池田康氏には迅速丁寧な御配慮をたまわり、また、巖谷純介氏にはイメージ豊かなカヴァーデザインによる装幀をいただきました。御二方に心から感謝申しあげます。

二〇二〇年十一月

八重洋一郎

八重洋一郎（やえ・よういちろう）

1942 年石垣市生まれ。

東京都立大学人文学部哲学科卒業。

―詩集―

『素描』1972

『孛彗《はいすい》』1984、第九回山之口貘賞

『青雲母』1990

『夕方村』2001、第三回小野十三郎賞

『しらはえ』2005

『トポロジィー』2007

『八重洋一郎詩集』2008

『白い声』2010

『沖縄料理考』2012

『木洩陽日蝕《こもれびにっしょく》』2014

『日毒』2017

『血債の言葉は何度でも甦《よみがえ》る』2020

―エッセイ―

『記憶とさざ波』1976

『若夏の独奏《ソロ》』2004

―詩論集―

『詩学・解析ノート　わがユリイカ』2012

『太陽帆走』2015

現住所

907-0023　沖縄県石垣市石垣 259

詩集

銀河洪水

著者………八重洋一郎

発行日……2021 年 2 月 25 日

発行者……池田康

発行………洪水企画

〒 254-0914 神奈川県平塚市高村 203-12-402

TEL&FAX 0463-79-8158

http://www.kozui.net/

装幀………巖谷純介

印刷………モリモト印刷株式会社

ISBN978-4-909385-24-6